D0626761
BOOK SOLD
NO LONGER R.H.P.L.
PROPERTY
RICHMOND HILL
PUBLIC LIBRARY
AUG 1 6 2012
RICHMOND GREEN
905-780-0711

Dan le dragon

Russell Punter

Illustrations de Peter Cottrill

Texte français de Josée Leduc

C'est l'histoire

d'un dragon,

de quelques villageois,

d’un vendeur

et d’une bande de voleurs.

Dan le dragon vit dans les bois près d'un petit village.

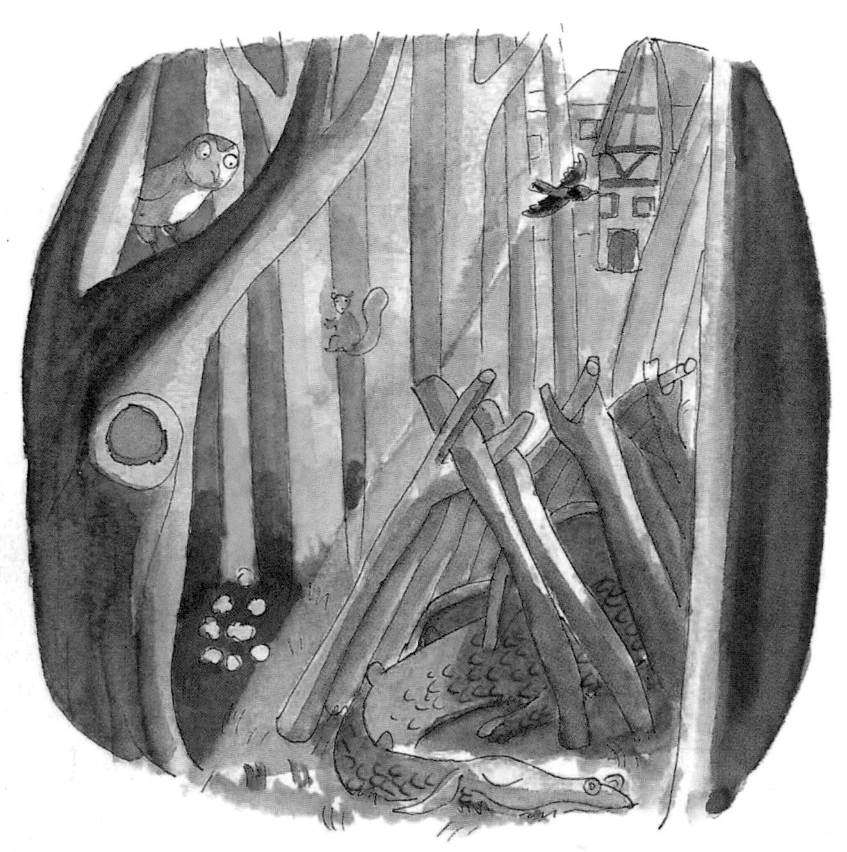

Certains dragons sont effrayants...

mais Dan, lui, est gentil.

Tous les gens du village aiment Dan.

Et Dan aime tous
les gens du village.

Tous les soirs, Dan rend visite aux villageois et allume leur feu.

Il fait cuire leur repas.

Il allume leurs chandelles
à la tombée du jour.

Puis il rentre chez lui, tout content.
Bonne nuit Dan!
Merci encore!

Un jour, un étranger arrive au village.

— Approchez, approchez! Achetez les bâtons de feu magiques de M. Marvo!

C'est la première fois que les villageois voient des bâtons de feu magiques.

— À quoi servent ces bâtons de feu? demande Luc.

— Je vais vous le montrer, répond M. Marvo.

— Ils allument votre feu quand vous avez froid...

Ils font cuire votre repas quand vous avez faim...

Et ils allument vos chandelles à la tombée du jour.

Les villageois sont très impressionnés.

Ils achètent tous les bâtons de feu magiques de M. Marvo.

Comme d'habitude, Dan rend visite aux villageois.

— Puis-je allumer votre feu? demande-t-il à Jean.

— J'ai des bâtons de feu magiques, répond Jean. Je n'ai pas besoin d'un dragon.

Dan se rend à la maison suivante.

— Puis-je faire cuire votre repas? demande-t-il à Marie.

— J'ai des bâtons de feu magiques, répond Marie. Je n'ai pas besoin d'un dragon.

Dan se rend à la maison suivante.

— Puis-je allumer vos chandelles? demande-t-il à Luc.

— J'ai des bâtons de feu magiques, répond Luc. Je n'ai pas besoin d'un dragon.

Dan reçoit la même réponse à chaque maison.

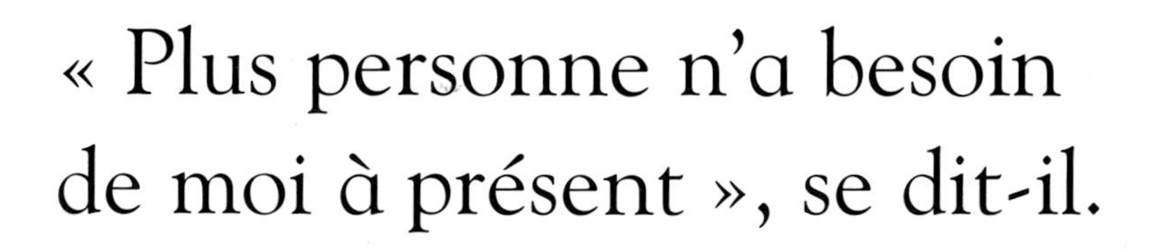

« Plus personne n’a besoin de moi à présent », se dit-il.

Il se dirige vers les bois et
retient ses pleurs.

C'est alors qu'une bande de voleurs arrive près du village.

Les voleurs remarquent
la fumée des cheminées.

Ils voient la lumière des chandelles.

Ils sentent les bonnes odeurs de cuisine.

— À la bouffe! crie le chef des voleurs, l'eau à la bouche.

Les voleurs se ruent vers les maisons.

Ils chassent les villageois de chez eux.

Ils leur arrachent leur nourriture.

Et ils s'emparent de leurs chandelles.

— Qui nous viendra en aide? s'écrient les villageois.

— Pas moi! dit M. Marvo en s'enfuyant.

Dans les bois, Dan entend les cris des villageois.

Il se précipite au village…

et fonce sur les voleurs.

Il met le feu à leur barbe…

fait rôtir leurs pieds…

et brûle leur derrière.

Les voleurs prennent la fuite et ne reviennent jamais.

Les villageois sont si contents qu'ils redonnent du travail à Dan...

et trouvent une nouvelle façon d'utiliser les bâtons de feu magiques.

Catalogage avant publication de Bibliothèque et Archives Canada

Punter, Russell

Dan le dragon / Russell Punter ; illustrations de Peter Cottrill ; texte français de Josée Leduc.

(Petit poisson deviendra grand)
Traduction de: Danny the dragon.
Pour les 5-7 ans.
ISBN 978-1-4431-1178-2

I. Cottrill, Peter II. Leduc, Josée III. Titre.
IV. Collection: Petit poisson deviendra grand (Toronto, Ont.)

PZ26.3.P86Da 2011 j823'.92 C2011-901856-X

Édition publiée par les Éditions Scholastic,
604, rue King Ouest, Toronto (Ontario) M5V 1E1,
avec la permission d'Usborne Publishing Ltd.

5 4 3 2 1 Imprimé à Singapour 46 11 12 13 14 15

Dans la collection
PETIT POISSON DEVIENDRA GRAND

NIVEAU 2

Boucle d'or et les trois ours
Dan le dragon
Dino n'a plus de voix
L'énorme navet
Le bon dragon
Le garçon qui criait au loup
Le vilain petit canard
Pierre et les pirates
Princesse Polly et le poney

NIVEAU 3

Aladin et sa lampe magique
Blanche-Neige et les sept nains
Histoires de chiens
Histoires de cow-boys
Histoires de fantômes
Histoires de princes et de princesses
Le Casse-Noisette
Le chat botté
Raiponce